AF617702

CLÁSICOS DE CIENCIA FICCIÓN

EL FABRICANTE de HONRADEZ

SANTIAGO RAMÓN y CAJAL

EL FABRICANTE de HONRADEZ SANTIAGO RAMÓN y CAJAL

349

PRÓLOGO DE RICARDO MUÑOZ FAJARDO:
Cuentos de vacaciones. Narraciones pseudocientíficas

349

Ciencia Ficción y Fantasía - 124

El fabricante de honradez
Primera Edición, abril de 2024

www.librosmablaz.com

Blogs:
Editorial Libros Mablaz
http://editoriallibrosmablazycienciaficcion.blogspot.com.es/
Ciencia ficción y fantasía en Libros Mablaz:
http://mablazlibros.blogspot.com.es/
Introducción a las obras de Libros Mablaz:
http://librosmablazextractos.blogspot.com.es/
Libros Mablaz en Facebook:
https://www.facebook.com/groups/530547690292189/
Tu Librería en Casa:
https://www.facebook.com/TuLibreriaEnCasa
Librería LibrosMablaz:
http://www.todocoleccion.net/neog%C3%A9nesis_vendedor TC

Diseño de cubiertas: Mari Carmen López

ISBN: 978-84-128119-8-8
Depósito Legal: M-3442-2024

LIBROS MABLAZ - 349

El fabricante de honradez

Santiago Ramón y Cajal

PRÓLOGO: Cuentos de vacaciones. Narraciones pseudocientíficas

Sí, hablamos de historias de fantasía o ciencia ficción de Ramón y Cajal, el gran artífice de la neurociencia, premio Nobel de Medicina, que además de la investigación científica, tuvo tiempo de dedicarse a aficiones muy diferentes a su transcurrir vital por lo que he es conocido en todo el mundo.

Ramón y Cajal mostró interés en otras disciplinas, como fueron la fotografía y la literatura, sobre todo, y también en la filosofía, la astronomía, el ajedrez, el dibujo –suyos son abundantes los que realizó para describir las neuronas y su sistema de funcionamiento, e incluso la hipnosis.

Escribió, como es lógico suponer, escribió libros científicos y biográficos, pero también, para sorpresa del que no conozca su figura en profundidad una serie de relatos que tituló *Cuentos de vacaciones. Narraciones pseudocientíficas*, que agrupó a cinco de su decena de cuentos, en la que, sin excepción, intercala nociones científicas, ficción, la ironía, dilemas sociales y morales, incluso la sorpresa, en los que inevitablemente estarán relacionados el microscopio y la microbiología.

El fabricante de honradez es uno de los relatos más extensos, sino que el que más, de las escrituras de Ramón y Cajal. Muy probablemente sea, además, una de sus historias más brillantes, con trasfondo psicológico, protagonizada por un doctor que se ha ganado el aprecio del pueblo en donde vive, por haber descubierto un medicamento que hace vivir a sus habitantes en una paz armoniosa.

Naturalmente, la trama tiene sus variantes en el argumento, y se convierte en una crítica sobre el comportamiento humano, que no desvelaremos para que lo descubran leyendo el libro.

Ricardo Muñoz Fajardo

S. R. CAJAL

Cuentos de vacaciones

(NARRACIONES PSEUDOCIENTÍFICAS)

PRIMERA SERIE

MADRID
IMPRENTA DE FORTANET
CALLE DE LA LIBERTAD, NÚM. 29
1905

Mariano Izquierdo Vives:
Santiago Ramón Cajal, capitán médico en Cuba (1874)

I.

El doctor Alejandro Mirahonda, español educado en Alemania y Francia, doctor en Medicina y Filosofía por la Universidad de Leipzig, discípulo predilecto de los sabios hipnólogos doctores Bernheim y Forel, solicitó y obtuvo, de vuelta a su patria, la titular de la histórica, levantisca y desacrecitada ciudad de Villabronca, donde se propuso ejercer su profesión y desarrollar de pasada un pensamiento que hacía tiempo le escarabajeaba en el cerebro.

Mas antes de referir las hazañas del prestigioso personaje, debemos presentarle a nuestros lectores.

Comencemos por declarar que hay ministerios tan elevados y solemnes que no pueden realizarse con un físico cualquiera. Un cirujano aspirante a la celebridad debe tener algo de atleta, de guerrero y de inquisidor. Al comadrón le caen pintiparadas manos suaves, afiladas y femeniles, estatura liliputiense y carácter untuoso y apacible. Pero el médico alienista metido a sugestionador fracasará como le falten el solemne coram bovis del profeta y la barba y ojazos de un Cristo bizantino.

Afortunadamente en el doctor Alejandro Mirahonda casaban maravillosamente la figura y la profesión. Poseía aventajada estatura, cabeza grande y melenuda, donde se alojaban pilas nerviosas de gran capacidad y tensión, barbas tempestuosas de apóstol iracundo, ojos enormes, negrísimos, de mirar irresistible y escudriñador, y de cuyas pupilas parecían salir cataratas de magnéticos efluvios.

Eran sus cejas gruesas, largas, movibles, serpenteantes, parecían dotadas de vida autónoma; diríase que, al fruncirse con expresión de suprema autoridad, amarraban entre sus pliegues al interlocutor, fascinándolo y reduciéndole a la impotencia. Tenía, además, voz corpulenta, con honores de rugido, que sabía domar, transformándola, según las circunstancias, en música suave, dulcísima y acariciadora; y labios carnosos, bien proporcionados, de ordinario inmóviles, para dar, por acción de contraste, mayor eficacia a la expresión de los ojos y a los relámpagos del pensamiento. y augusta y estatua de una para imitar también la misteriosa quietud de la Apolo en Delfos.

Añadamos a estos atributos físicos una palabra arrebatadora, colorista, que fluía sin esfuerzo alguno del inagotable depósito de su memoria, voluntad férrea e incontrastable..., y se tendrá idea de todo el enorme ascendiente que Mirahonda ejercía sobre sus amigos, deudos y clientes.

Para él imponer ideas o suprimir las existentes en las cabezas dóciles; causar en las histéricas y aun en personas sanas y en estado vigil alucinaciones negativas y positivas, metamorfosis y disociaciones de la personalidad, fenómenos motores y sensitivos...; en fin; cuantos estupendos milagros se atribuyen a santos y magnetizadores..., era cosa de juego. Bastábale para ello una mirada imperiosa o una orden verbal.

Durante los primeros meses de su estancia en Villabronca dedicóse exclusivamente a preparar el terreno de la estupenda experiencia que meditaba. Prestaba casi de balde al vecindario sus cuidados médicos; asistía con su señora —

una espléndida rubia alemana que subyugó para siempre con una mirada— a todas las reuniones y saraos. Inscribiose como socio en los dos casinos de la ciudad (el de los burgueses y el de los obreros); contribuyó con largueza al socorro de los menesterosos y, en fin, a fuerza de ciencia, de amabilidad y de llaneza, captose de tal modo las simpatías y admiración de sus convecinos, que no alcanzaban estos a imaginar cómo un hombre de tanto mérito y de tan peregrinos talentos se había allanado a vivir en tan apartado y rústico rincón.

Conforme les ocurre a todos los grandes iluminados, en aquel con cierto de simpatías destacaba la sonora y amorosa voz de las mujeres, a quienes turbaba y embobaba la presencia de tan arrogante y viril ejemplar del «animal humano». Es que la mujer, según afirmó madame Necker de Saussure, «posee un «yo» más débil que el del hombre»; un «yo» que se siente flaco y busca instintivamente la fuerza y la voluntad. Obedeciendo sin duda a un mandato previsor de Naturaleza, la hembra verdaderamente femenil se estremece de placer y se siente deleitosamente esclava al aspirar de cerca el aura del tirano viril y triunfador, del prototipo de la energía y de la inteligencia, del «hombre, hombre»...

La admiración contenida y respetuosa en las señoritas honestas adoptó en algunas casadas ardientes y Magdalenas sin arrepentir tonos poco decorosos y actitudes harto provocativas... Una de las más atrevidas y propasadas con el doctor fue la esposa del registrador, graciosa morena que se aburría y marchitaba entre escrituras y mamotretos; mas nuestro sabio, fiel a su principio de que el fascinador no debe nunca ser «fascinado», so pena de perder todos sus prestigios, cerró los ojos y los oídos ante aquella ola amenazadora de amor pecaminoso. Además, digámoslo en su honor, amaba demasiado a la dulce Röschen Baumgarten, a la hermosa y gallarda hija del Norte, a la opulenta heredera que en un arrebato de pasión puso su belleza y sus millones a los pies del ardiente hijo del Mediodía, para no evitar a su cara mitad el menor pretexto de reproche.

Ocioso es decir cuánta fue su reputación profesional. Muy pronto la fama de sus curas maravillosas trascendió del término de la ciudad y se extendió a toda la provincia. Parecía su casa iglesia en tiempo de jubileo, y tan alto rayó su crédito de diagnosticador infalible, que se juzgaba torpeza insigne o imperdonable negligencia el morirse sin haber oído de sus labios, la ardua, la definitiva sentencia.

Mas no se crea que la esfera de su influencia se circunscribía a los dominios patológicos e higiénicos. Hombre de talento y de sólida cultura, que había viajado mucho y leído más, aspiraba a ser, y lo consiguió rápidamente, el amigo de confianza y el obligado consejero de sus convecinos. Respondiendo a tan meditado propósito, dio en el casino una serie de conferencias, acompañadas de demostraciones, sobre una porción de temas a cual más interesantes para un pueblo eminentemente agrícola e industrial; higiene doméstica y popular, enfermedades de las plantas, el pauperismo y el problema obrero; las instituciones de caridad y Cajas de Ahorro; los abonos minerales; la industria pecuaria, etc... En cuyas conferencias, además de embelesar a los oyentes con los primores de una forma impecable cuajada de imágenes felices, lució erudición pasmosa y espíritu práctico extraordinario.

Nada tenía de extraño, pues, que, granjeada tan grande autoridad, acudieran a Mirahonda en demanda de luces el alcalde y el juez, el agricultor y el obrero, los cuales aceptaban de buen grado su dictamen, porque nuestro héroe sabía convencer sin humillar y adjudicaba generosamente a cada cual la parte de ciencia y de razón que le era debida, descartando hábilmente de todo mal negocio o yerro evidente el factor ético e intencional y atribuyendo el daño al azar, a la fuerza mayor, a las circunstancias o a la inconsciencia. La gente del pueblo, a quien impresionaban por igual su ciencia y su figura, llamábalo el Cristo.

Como se ve, en torno de aquel hombre singular y extraordinario formábase dorada leyenda, digna de los felices tiempos apostólicos; lo que prueba —dicho sea de pasada— que, no obstante los fulgores de la ciencia, una gran parte de la sociedad actual vive todavía en la ingenua y sombría edad en que hablaban los dioses, aterrorizaban los demonios y se hacían milagros.

Santiago Ramón y Cajal en su laboratorio de Valencia.
Instituto Cajal, Legado Cajal, CSIC (Madrid)

II

Distaba mucho de ser Villabronca modelo de pueblos pacíficos y morigerados. De día en día cundían el desorden y la liviandad, sobre todo desde que la ciudad, enriquecida con el arribo de opulentos emigrantes, se había hecho eminentemente industrial. A despecho de los sermones del párroco y de los enérgicos bandos del alcalde, la creciente marea de robos, borracheras, riñas, desacatos a la autoridad, depravación de costumbres, subía que era un desconsuelo. El alcoholismo hacía estragos entre los obreros. Ni bastó para atajar la pública inmoralidad la creación de un pequeño cuerpo de guardias del orden público y el aumento del contingente de la Guardia Civil.

Aquello no podía continuar así. Celebrose en el Casino junta de clases directoras, de honrados padres de familia, justamente alarmados ante el creciente desorden. Animados de los mejores de-seos, cada cual propuso su receta. Se discutió mucho y acaloradamente... Pero los individualistas sacaron el Cristo del «Habeas

Corpus», del derecho al alcohol..., y no se acordó nada. Entretanto, Mirahonda, se frotaba las manos de gusto. El momento de la experiencia psicológica se acercaba... y había que preparar aprisa los cubiletes.

Cierto día convocó a lo principal del pueblo en el casino y. anunció con voz entrecortada por la emoción que acababa de descubrir, por un azar felicísimo de laboratorio, un suero de maravillosas virtudes.

—Este suero —decía el doctor—, o dígase antitoxina, goza de la singular propiedad de moderar la actividad de los centros nerviosos donde residen las pasiones antisociales: holganza, rebeldía, instintos criminales, lascivia, etc... Al mismo tiempo, exalta y vivifica notablemente las imágenes de la virtud y apaga las tentadoras evocaciones del vicio..

«Permitidme que os cuente en breves términos el resultado de los experimentos recientemente aprendidos con el referido suero en el hombre y en los animales. Una gota del estupendo licor tranformó un lobo furioso en can sumiso, leal y apacible. Con la mitad de la dosis, un águila hambrienta aborreció la carne y un gato olvidó el odio secular a los ratones...

»En el hombre son menester dosis mayores para producir efectos constantes de transmutación psicológica. Y aunque las experiencias efectuadas en este dominio abarcan un corto número de personas y de modalidades pasionales, los resultados han sido tan sorprendentes que no resisto a la tentación de referirlos.

«Inyectados bajo la piel de un alcohólico cinco centímetros cúbicos, perdió el paciente toda afición a las bebidas fermentadas. La misma cantidad aplicada, respectivamente, a un ratero profesional y a cierto matón de oficio, abolió definitivamente en ellos la impulsión del delito y los convirtió en pocos días en personas morigeradas e inofensivas. Con parecido tratamiento han llegado a olvidar sus antipáticos hábitos un morfinómano y una ninfomaníaca.

»En vista de tan elocuentes hechos, de cada día más numerosos y convincentes, espero no juzgaréis quimérica una esperanza hace tiempo acariciada por mí e inspiradora de porfiadas y laboriosísimas investigaciones: conseguir, por el empleo de medios exclusivamente materiales y nada coercitivos, la purificación ética de la raza humana y la conversión de los viciosos y criminales en personas probas, decentes y correctísimas. Abrigo la firmísima convicción de que una dosis suficiente de mi «suero antipasional», inyectada bajo la piel del cráneo, transformaría en varón impecable al facineroso más empedernido.»

E, *incontinenti*, el avisado doctor, que sabía bien que las cabezas fuertes no se persuaden con relatos más o menos verosímiles, sino con pruebas «de visu», irrecusables, procedió a las demostraciones. Hizo seña a sus ayudantes, los cuales trajeron de una cámara próxima las personas y animales sometidos a experiencia. Con asombro de la concurrencia, hasta entonces fría y un tanto escéptica, quedaron plenamente patentizadas las aseveraciones de Mirahonda.

¡No era posible dudar! ¡El estupendo suero antipasional había hecho perder a los animales carnívoros sus sangrientos instintos! ¡Y los hombres se habían transfigurado, como si una ráfaga de fe hubiera iluminado y elevado sus almas! La prueba resultó tanto más brillante y abrumadora cuanto que las personas en tratamiento —un alcohólico, un fumador, un jugador y un camorrista— eran bien conocidas del público. Y cuando, por las referencias de las respectivas familias y amigos, se persuadió a la concurrencia de la realidad de la transformación psicológica...; cuando vió a los tratados rechazar con horror el aguardiente, el tabaco y la baraja...; cuando supo por los capataces de las fábricas que aquellos viciosos regenerados no habían faltado durante el mes un solo día a la labor..., entonces un aplauso cerrado, entusiasta, ensordecedor, resonó en la sala, llenando de íntima satis facción al ilustre conferenciante.

Al día siguiente, vio nuestro doctor, a la hora de la consulta, duplicada su habitual clientela. A los enfermos físicos se añadieron los enfermos morales. Histéricas enamoradas de su criado, muchachos díscolos e incorregibles, maridos borrachos y pendencieros, calaveras corrompidos y noctámbulos, estudiantes gandules y mujeriegos, etc., traídos casi a la fuerza por sus respectivas familias, desfilaron, en procesión inacabable, para someterse a la famosa «vacuna moral».

Ramón y Cajal, amante de la fotografía. Autorretrato 1

Autorretrato 2

III

Transcurridos los meses de la inolvidable conferencia, el entusiasmo y la convicción de las clases directoras de Villabronca fueron tan grandes, que el Ayuntamiento en masa, asesorado por la opinión del juez, del registrador, del presidente del casino, del maestro y del cirujano, declararon, en un bando célebre, la nueva vacuna obligatoria para todas las personas mayores de doce y menores de sesenta años, sin distinción de sexo ni de condición social. Aquellos previsores ediles estimaron, sin duda, que harto vacunada están la vejez con su debilidad y la infancia con su candor.

Al principio, según podrá presumirse, los salvadores acuerdos del cabildo chocaron con algunas dificultades. Los habituales del vicio, y particularmente los viciosos esporádicos, es decir, los que se complacen en echar de cuando en cuando una cana al aire, protestaron indignados. En fogosas arengas declararon aquella medida atentatoria a los más sagrados derechos del ciudadano y hasta ofensiva a la inmaculada dignidad de Villabronca, toda vez que envolvía el supuesto, a todas luces injusto, de la inmoralidad colectiva y medía con el mismo rasero la probidad y el libertinaje, el respeto a la ley y la violación del derecho. Tan delicada cuestión fue llevada a las columnas del único periódico local, un semanario titulado «El Cimbal de Villabronca», que redactaban el empresario de recreos del casino, un contratista de carretera aprovechado, un comandante retirado por no ir a Ultramar, dos estudiantes legistas suspensos a perpetuidad y un abogadete sin pleitos. Estos tales —los «intelectuales», como ellos se llamaban— discutieron desde varios puntos de vista la manoseada cuestión de la ilegitimidad de las medidas preventivas, al principio con formas moderadas, después con apasionamiento sectario. Semejante campaña, emprendida o inspirada por perillanes y libertinos incorregibles, arreció coincidentemente con la subvención otorgada a «El Cimbal» por los dueños de timbas, tabernas y casas de lenocinio, cuyos industriales recelaron, no sin lógica, una considerable baja en sus vergonzosos negocios si prevalecían los proyectos de Mirahonda.

En cuanto a los proletarios, hallábanse divididos. La mayoría de ellos sugestionados por la autoridad y generoso altruismo del doctor, y sobre todo por el ascendiente de las mujeres (que Mirahonda tuvo buen cuidado de ganar a su causa), se decidieron por el novísimo tratamiento morai; pero algunas malas cabezas, anarquistas enardecidos, rechazaron redondamente el suero, temerosos sin duda de que esta medicina amortiguara la saña del proletariado hacia la odiosa burguesía, templara en las épocas de huelga la entereza de los trabajadores y retrasara, en suma, la fecha del triunfo —según ellos cercano— de la tremenda revolución social.

Pero quien con más arrogancia y celo rompió lanzas contra la novísima panacea psicológica fue el padre de almas. En sermones atestados de latines, de lugares de los santos padres y de apotegmas de filosofía moral, intentó probar que las famosas experiencias del médico eran artimañas y tentaciones del demonio, comparables en el fondo a las manipulaciones y experimentos de magnetizadores y espiritistas. Y añadía que, aun en el supuesto caso de que en la producción de tan insólitos fenómenos no tuviera Lucifer arte ni parte, siempre resultaría incuestionable que el famoso suero obra directa y selectivamente sobre las misteriosas fuentes del libre albedrío, restringiendo, por consiguiente, el cauce de la libertad moral y haciendo, por ende, punto menos que ilusoria la responsabilidad civil y el mérito y demérito de las acciones.

Pero nosotros, rindiendo culto a la verdad, diremos que la verdadera razón, no confesada, de esta inquina sacerdotal, era que el fervoroso varón se sentía humillado y molesto al ver cómo un mediquillo advenedizo, ayuno en Teología y Sagrados Cánones, se intrusaba descaradamente en los dominios espirituales, tirando a inutilizar una de las altas y trascendentales funciones de su augusto ministerio: la purificación de las conciencias y la enmienda de vicios y pecados.

Por fortuna, la exquisita cortesía del doctor, quien, lleno de afabilidad y tolerancia, discutía amistosamente con todos; el resuelto apoyo de los ediles y padres de familia; el fervor casi religioso de las mujeres, y singularmente lo demostrativo y brillante de las experiencias, aplacaron progresivamente la irritación de los ánimos e impusieron silencio a las conciencias meticulosas. Además, Mirahonda, sabedor del origen y finalidad de ciertas campañas, subvencionó con fuerte suma a «El Cimbal de Villabronca», cuyos desahogados intelectuales pasáronse con armas y bagajes al contrario bando, convirtiéndose en lo sucesivo en tornavoces de los éxitos del doctor y en eficacísimos auxiliares de sus regeneradoras campañas; hizo, «sotto voce», donación de algunos miles de pesetas al Comité anarquista local a título de generosa contribución al «Fondo de Huelgas», y, en fin, no olvidó a la Iglesia, a la que dejó una gruesa manda para misas y limosnas, de cuya inversión y reparto quedó exclusivamente encargado, con facultades omnímodas, el celoso pastor de almas. Con estas y otras habilidades, si no consiguió persuadir enteramente a los recalcitrantes, logró hacerles callar, que era cuanto Mirahonda deseaba.

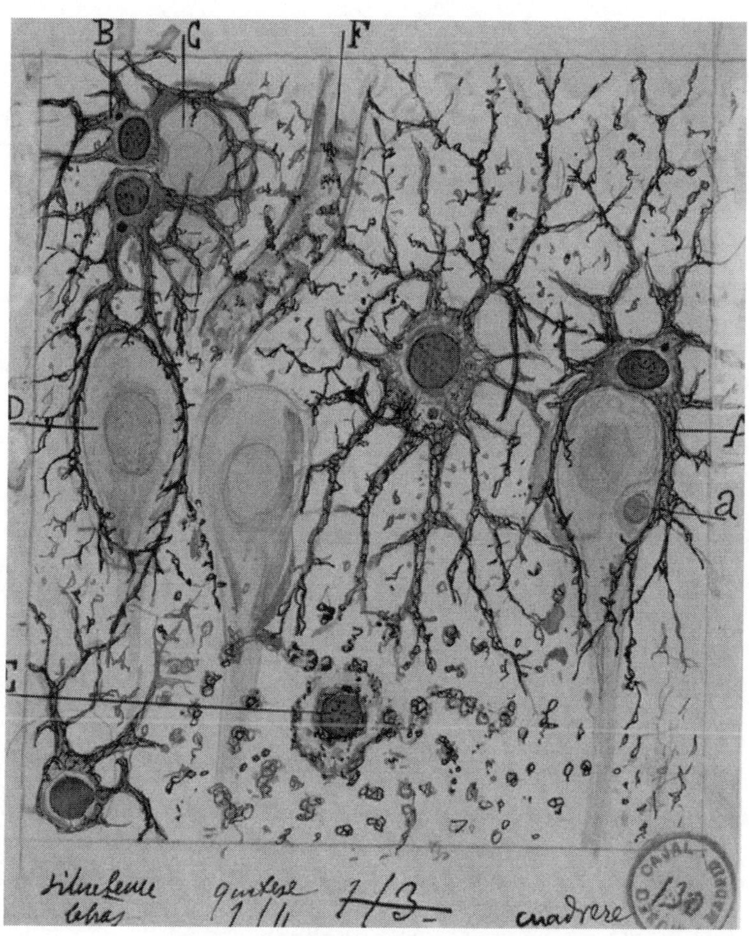

Dibujo científico de Ramón y Cajal

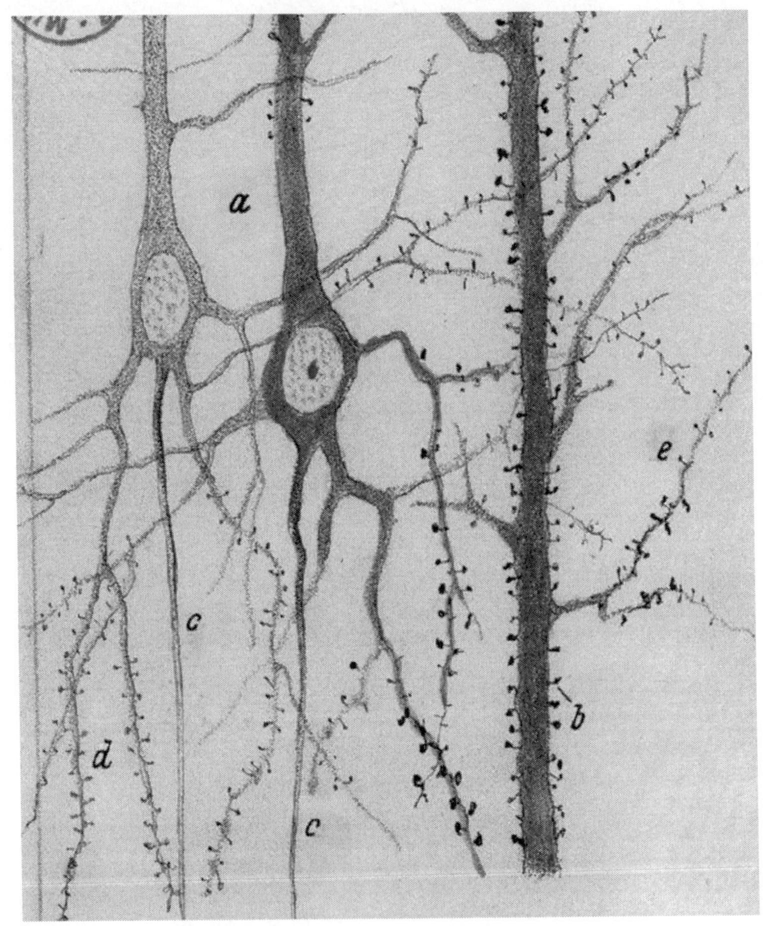

Dibujo científico de Ramón y Cajal

IV

Había llegado el día de la suprema experiencia. Durante la mañana, los ayudantes y la esposa del doctor dispusieron con diligente esmero la «mise en scène»: la mesa con los instrumentos antisépticos, las jeringuillas de Pravaz, la misteriosa redoma donde se guardaba el filtro mágico, un biombo chinesco destinado a resguardar de las miradas profanas el brazo de las damas extremadamente pudibundas, vendajes y otros medios auxiliares de las curas para la eventualidad poco probable de ligera hemorragia o excesivo escozor. Nada escapó a la previsión de Mirahonda, quien, para fortalecer la acción sugestiva del experimento psicològico, pidió y logró que este se verificase en el salón de las Casas Consistoriales, bajo la presidencia del alcalde, el párroco y las personas más distinguidas de la villa. Y como para mover la voluntad no está nunca de más alegrar un poco el estómago, cierto acreditado repostero de Madrid, llamado expresamente al efecto, dispuso en las oficinas de la Secretaría, anexas al salón de vacunación, un bien servido y espléndido «lunch». Por último, de amenizar los entreactos se encargó la charanga del «Hospicio», ejecutando trozos escogidos de música grave, solemne, monótona y adormecedora...

Mas, antes de referir el resultado de la memorable vacunación moral, fuerza es aclarar algunas dudas que seguramente habrán asaltado la mente del lector. Para disiparlas por completo, permítasenos reproducir un sustancioso diálogo de sobremesa, sostenido minutos antes de dar comienzo a las regeneradoras inyecciones, entre el eximio doctor y su tierna y un tanto escamada esposa:

—Estoy contento, satisfechísimo de

mi obra —dijo Mirahonda, acariciándose sus apostólicas y borrascosas barbas—. Hoy vamos, por fin, a recoger el fruto de dos años de siembra fecunda y de constante laboreo...

—Motivo tienes, en efecto, para alegrarte; también yo, colaboradora a mi manera en tus trascendentales investígaciones, me siento dichosa. Soy feliz porque tú lo eres; pero, además, tengo una razón personal reservadísima para regocijarme...

—¡Adivino!... ¡Oh, las mujeres! ¡Sois siempre las mismas!... ¡Venir ahora, con una pequeña historia de celos, a arrancarme del cielo de mis triunfos cientoficos!... Para vosotras, fervientes adoradoras de lo particular, de lo individual, ¿qué son la Humanidad, la ciencia, la gloria misma, ante la menuda satisfacción de la vanidad, o del amor propio?

—Te equivocas. También adoro la gloria; pero, ¡bien lo sabes!, mi gloria principal eres tú. Tan grande es tu imagen en mi alma, que apenas columbro la Humanidad. Además, mi sentimiento compensa tu inteligencia. Tú eres la fuerza centrífuga; yo la centrípeta. Gracias a mí, tus facultades soberanas, que libres se desatarían en un altruismo loco, son encauzadas hacia el hogar y aprovechadas para el saludable egoísmo de nuestra mutua conservación y felicidad... Y lo que calificas desdeñosa mente de miserable satisfacción de la vanidad y del amor propio, no es sino la alegría de conservar tu amor... ¡Atrévete a detestar este egoísmo!

—Querida Röschen, permíteme que te diga, aceptando tu punto de vista personal, que esa íntima fruición a que aludes —por cierto harto semejante a sabrosa venganza— se justificaría si la grandiosa experiencia de esta tarde viniera a interrumpir complacencias o debilidades pecaminosas; pero ¿tienes, por ven-tura, algo que reprochar a tu marido?

—No. Temo únicamente por el futuro. Perdona mis celos: comprendo que me hacen ridícula..., atrozmente antipática; pero no puedo remediarlo. Voy a serte sincera. ¿Quién me garantiza que alguna de esas ardientes y hermosísimas morenas que desfallecen de amor en tu presencia —la mujer del registrador, por ejemplo, que se finge histérica para verte diariamente, y la cual no ha perdido ninguna de tus conferencias, oídas con místico arrobamiento— no llegue al fin a impresionarte y robarme tu cariño?

—Cálmate, hija mía —repuso dulcemente el doctor, cogiendo amorosamente una de las manos de Röschen—. Eso no ocurrirá jamás, bien lo sabes. Arden en mí dos grandes pasiones: la gloria y tú; para una tercera no me restan ni corazón ni cerebro... Pero hablemos de otra cosa... Comentemos el próximo y trascendental acontecimiento. ¿No es verdad que hemos preparado hábilmente la carnaza? Sin duda morderá el pueblo entero.

—Tienes razón. Fuerza es confesar que te has mostrado previsor y obstinado y no has regateado ningún medio conducente a tu propósito... Pero vas a permitirme una pregunta. No comprendo cómo Mirahonda, hipnotizador extraordinario, presidente de la Sociedad de Estudios Psíquicos ele Leipzig, inventor afortunado de nuevos y eficacísimos procedimientos de magnetismo animal, sugestionador capaz de producir en estado vigil a personas absolutamente sanas toda suerte de fenómenos nerviosos...; no concibo, repito, cómo ha renunciado en este caso particular a su método habitual y recurrido a una inocente superchería.

—Querida, ¿olvidas que la experiencia moral que nos ocupa en este momento es extraordinaria y harto más difícil que las triviales prácticas de hipnosis individual con fines terapéuticos? Ya conoces perfectamente mis ideas filosóficas y pedagógicas. Mil veces he declarado que si el cerebro humano, en vez de desenvolverse en esa tibia, movediza y frívola atmósfera moral formada por borrosas y contradictorias sugestiones de padres, maestros y amigos, se desarrollara en un austero ambiente psicológico, fuertemente recargado de autoridad; si el modelamiento definitivo de los centros del pensamiento se realizara, de modo autocrático, por hábiles y enérgicos hipnotizadores encargados del doble cometido de limpiar la herrumbre de la herencia y la rutina y de imponer ideas y sentimientos conformes con los fines de la sociedad y de la civilización..., amenguarían rápidamente todas las lacerías que atormentan la miserable raza humana (la holganza y el vicio, la cobardía y la crueldad, el egoísmo y el delito), y el proceso de la redención física y moral de nuestra especie habría dado un paso de gigante. Para lograr tan brillante resultado, fuera preciso que férreos profesores de energía emprendieran desde la niñez. la labor de atrofiar las esferas cerebrales de los instintos antisociales compartidos con la más baja animalidad, hipertrofiando, por compensación, los focos inhibidores y los órganos encargados de evocar las imágenes de la virtud y del deber... Amor a la patria, hasta el sacrificio, pasión por la ciencia y la verdad hasta la locura, inclinación a la virtud hasta el martirio: tales son las sugestiones conducentes a fabricar el hombre perfecto, modernísimo, preciado fruto de la educación científica, invencible en la guerra y en la paz, piadoso civilizador de razas inferiores y glorioso escudriñador de todos los arcanos... Nuestra actual experiencia no representa —fuerza es confesarlo— más que un ensayo mez quino (dado que debemos actuar pa sada la fase educativa y limitarnos a la inhibición de los malos instintos) de este grandioso sistema de transformación humana. Así y todo, sus resultados serán preciosos para la teoría hipnopedagógica y constituirán el primer jalón plantado en esta fecunda y luminosa vía...

—Pero, arrebatado por tu generoso entusiasmo, no me has explicado aún el principio en que se basa tu nuevo procedimiento de educar la voluntad.

—Es verdad..., me olvidaba. Ello es cosa llanísima. Atiende bien: en una reunión de cien personas, reunidas al azar, sólo catorce o dieciséis son hipnotizables y susceptibles de sufrir, previa sugestión, amnesias, parálisis, contracturas, mutaciones emocionales, alucinaciones, etc.... Un hipnólogo de gran prestigio que sepa herir vivamente la imaginación del público ampliará esta cifra hasta el veinticuatro, quizá hasta el treinta; pero, a pesar de todos sus esfuerzos, le quedará todavía un sesenta por ciento de gentes distraídas, despreocupadas, refractarias a la creencia en lo maravilloso, y, por tanto, irreducibles a la sugestión. Ahora bien: en una población grande, como Villabronca, y tratándose de una sugestión colectiva, sin acción de presencia, el número de refractarios será muchísimo mayor. Y, sin embargo, para que el éxito corone nuestra empresa, es de toda necesidad la conquista de las cabezas fuertes, de esas que alardean de creer únicamente en Dios y en la ciencia. Menester es, por tanto, alejar de esos cerebros rebeldes la idea de una acción taumatúrgica y magnética (que despertaría inmediata mente el sentido crítico) y disfrazar hábilmente la sugestión con la capa de la santidad o del genio. De este modo la imposición se acepta, porque se ignora que lo sea. Y el inocente público cae en la singular ilusión de achacar al sabio o al santo un fenómeno obrado por su propia imaginación. Y llego ahora a la justificación de la superchería, que tanto excita tu curiosidad. Entre los varios modos de dorar la píldora sugestiva y de adormecer el sentído crítico, ninguno tan eficaz como el asociar la sugestión al acto banal de tomar una medicina o de ingerir un suero terapéutico. Si el prestigio científico del doctor es grande, despístase la razón del sujeto que, obedeciendo el natural y lógico impulso, clasifica inmediatamente el fenómeno misterioso, en el orden de los que conoce. En el caso actual, nuestro «esprit fort», sabedor de que existen sueros antitóxicos contra la difteria, el tétanos, etc.... ¿cómo no ha de persuadirse de la realidad del suero antipasional, sobre todo si ha visto por sus propios ojos gentes radical mente curadas con unas gotas del mismo? Por donde se infiere que el auxiliar más eficaz del ortopedista mental es la crasa ignorancia del vulgo acerca del poder soberano de la sugestión, las múltiples formas que esta reviste y la deplorable facilidad con que el cerebro mejor construido acepta sin crítica cualquier dogma, por absurdo que sea, impuesto por el talento, el genio o la santidad.

—Según eso, ¿hasta las cabezas mejor organizadas, serenas y reflexivas serían accesibles a la acción sugestiva?

—¡Quién lo duda!... Pero con la condición de que el hipnotizador sepa eclipsarse detrás del hombre de ciencia y provocar fenómenos que tras pasen el círculo de los hechos naturales conocidos por los espíritu «d'élite». Por fortuna, esto no es difícil. Educados en el erróneo dogma del libre albedrío, creemos casi todos que las condiciones religiosas, filosóficas o políticas representan construcciones lógicas erigidas por la razón, cuando, según es bien notorio, no son otra cosa que el fruto de la imposición, sin pruebas, de inconscientes sugestionadores religiosos, pedagógicos y políticos... Pero, hija mía, con nuestras divagaciones hemos olvidado la obligación... Son las dos... Partamos...

SANTIAGO RAMON

V

La función —llamémosla así— se efectuó a la hora prefijada y en medio del mayor orden.

Con gran expectación del público abriose la sesión con una breve y discreta alocución del alcalde; siguió después un discurso elocuentísimo, fogoso, soberanamente subyugador, de Mirahonda, quien, apartando modestias y remilgos retóricos, impropios de su misión evangélica, se declaró inspirado por Dios en el portentoso hallazgo de la vacuna antipasional, llamada a redimir a la especie humana de su degradación física y moral; ejecutó luego la charanga una marcha solemne henchida de cadencias reposadas y melancólicas, y, en fin, procediose a la vacunación, comenzando, según prescribe la cortesía al uso, por la aristocracia de la sangre, del talento y del dinero.

La operación se llevó a efecto sin accidentes y en medio del más religioso recogimiento. El primer día, fue inoculada algo más de la tercera parte de la población de uno y otro sexo comprendida en el bando municipal; en los siguientes inyectose el resto, salvo una novena o décima parte, que pretextó enfermedad o ausencia, a fin de sustraerse a los efectos sedantes del referido suero y monopolizar, por consiguiente, vicios y picardías.

Sumiso y dócil el bello sexo de merecer, acudió bullicioso a la «comunión de la virtud», sacrificando en aras de la concordia y de la paz de los hogares íntimas satisfacciones de la vanidad y el refinado deleite de la coquetería y del «flirteo». Menos entusiastas las casadas frívolas, adivinábase fácilmente en el temblor nervioso con que acogían la jeringuilla, su repugnancia a encadenar, acaso para siempre, un corazón caprichoso y tornadizo.

La traviesa y provocativa mujer del registrador, que, según dejamos dicho, había tenido la desgracia de enojar y encelar a madame de Mirahonda, abandonó también su sonrosado cutis al brazo secular de la ciencia, bien es verdad que a regañadientes. Si de ella hubiera dependido, se habría quedado muy a gusto en la orilla; pero no se lo consintió el adusto consorte, harto escamado del fervoroso entusiasmo de su cara mitad hacia el famoso doctor.

En el grupo de vacunadores trafagosos destacaba la arrogante figura de *madame* de Mirahonda, cubierta la rubia cabellera por blanquísima cofia y envuelto el flexible talle en elegante y antiséptico guardapolvo. Ella era la encargada de inocular el suero a las señoras y señoritas más distinguidas y remilgadas, y, a fuer de previsora y sabia intérprete de los designios de Mirahonda, graduaba la cantidad del licor..., al parecer, en proporción con la robustez de las clientas, pero en realidad en armonía con lo peligroso de las femeninas seducciones. Excusado es decir que la pizpireta registradora recibió, con gran contento de su marido, dosis doblada.

Fiel a su método, nuestro doctor reforzaba la influencia sugestiva, encomiando, con acento de profunda convicción, las maravillosas virtudes de la vacuna y prometiendo a todos, sin perjuicio de la salud más robusta y de la plena y libre satisfacción de los instintos saludables, la inhibición, es decir, el reposo de los impulsos pasionales, y, en fin, el perdurable olvido de todo estímulo moral, criminoso y anticristiano. Para cada caso sabía variar la fórmula sugestiva en relación con la historia y pasiones dominantes del cliente. Y de cuando en cuando un grupo de «mansos», es decir, de regenerados, cruzaba casualmente, con ademán contrito y expresión seráfica, por entre las filas de los candidatos a la virtud, subrayando la imperativa elocuencia del doctor y decidiendo a los desconfiados e irresolutos.

El experimento salió a pedir de boca. Un huracán de virtud, una locura sublime semejante a la que siglos atrás llevó a los hombres a morir por la cruz, estremeció los corazones villabronqueses, penetrando hasta en los recónditos tugurios del vicio y del pecado. Por todos lados asomaban, tocados, al parecer, de sincero remordimiento, golfos y calaveras, borrachos y jugadores. Nadie quería sentar plaza de vicioso incorregible.

La escena final del último día fue grandiosamente conmovedora. Un grupo de hermosas pecadoras, arrastradas por el contagio general, avanzaron resueltamente hacia el estrado y rindieron el suave cutis, todavía manchado por coloretes y aromatizado por los acres perfumes de la víspera, a la redentora jeringuilla de la ciencia... ¡entre el asombro y aplauso de la concurrencia, que no daba crédito a sus ojos!

VI

Estupendos fueron los resultados de la vacuna moral, excediendo los cálculos más optimistas. Cesó enteramente la criminalidad; huidos para siempre parecían el vicio, la codicia y la deshonestidad. Las tabernas, antes vivero de borrachos y hervidero de pendencias, semejaban ahora apacibles y saludables comedores, en los cuales hallaban los jornaleros alimento reparador y sobrios refrigerios. Febril, ansiosamente, como en combate enardecido por la conquista del bienestar, se trabajaba en las campiñas, fábricas y obradores. Reinaron en los hogares el orden y la economía, con sus naturales frutos, la salud, la alegría y el sentimiento artístico. Cerráronse a cal y canto timbas y lupanares. Jamás se remontó más cerca del cielo el penacho de humo de la fábrica ni resonó más recio y ensordecedor el sublime himno al trabajo vivificador en graves y augustos acentos cantados por dínamos y locomóviles.

No menos grandes fueron los progresos en la esfera del sentimiento. Purificose el amor. El hogar, antes frío por la ausencia del padre y el egoísmo de los hijos, convirtiose en delicioso nido, donde aleteaban mirando al cielo la fidelidad y el candor. Era la Edad de Oro, que retornaba a la vieja y gastada tierra, trayendo, no la ñoña y ruda sencillez del hombre primitivo, sino la amarga pero sabia y fecunda experiencia del hijo pródigo.

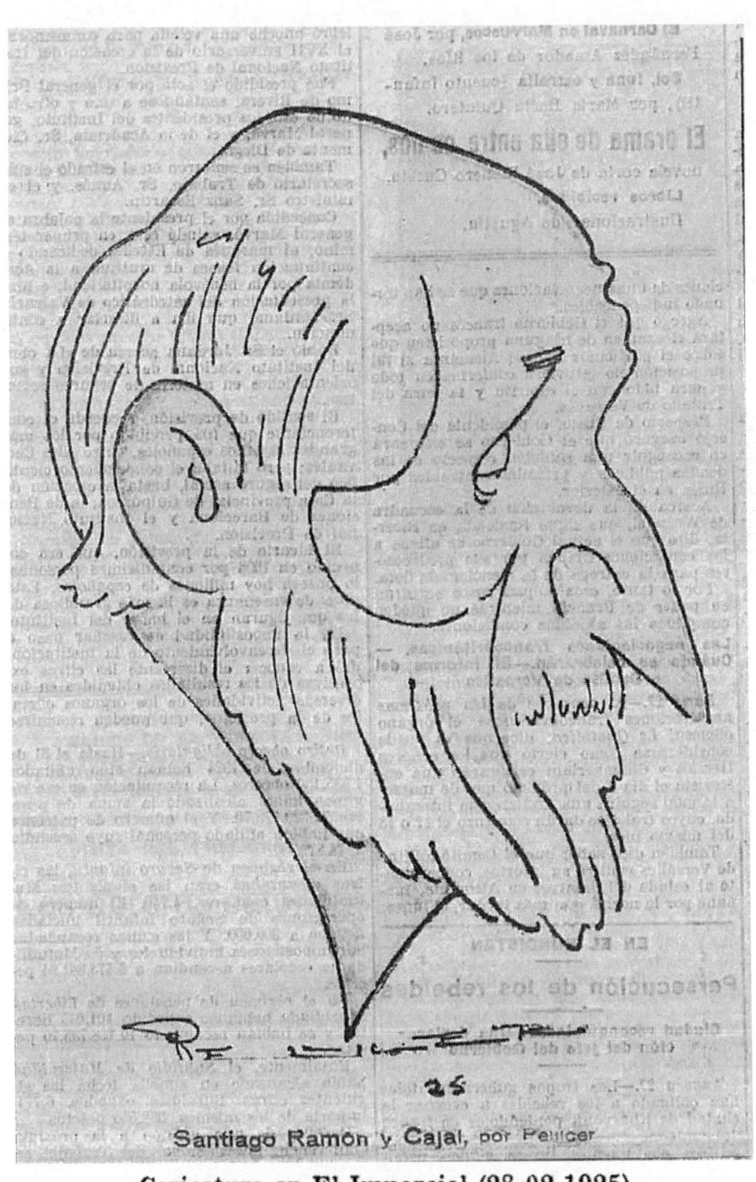
Santiago Ramón y Cajal, por Pellicer

Caricatura en El Imparcial (28-02-1925)

VII

Habían transcurrido tres meses más de la memorable experiencia. Las autoridades locales, así como la policía, estaban encantadas de una tranquilidad que les permitía dormir a pierna suelta. Y, con todo eso, en medio de aquel sosiego y bienandanza, no faltaron espíritus cavilosos y descontentadizos que se mostraron inquietos por el porvenir. Aquella paz octaviana les asustaba. Temían que los habitantes de Villabronca hubiesen sido transformados en autómatas, en máquinas morales, incapaces de sentir el estímulo del pecado, pero impotentes también para los grandes arranques de la generosidad y del patriotismo.

Poco tiempo después la vida comenzó a ser harto uniforme y aburrida. Algunos estudiantes y militares llegados de la corte a principios de la canícula, deploraban amargamente tan desoladora atonía. En vano pedían amores, más o menos irregulares, a solteras y casadas. ¡Cuánto echaban de menos la antigua y graciosa coquetería, tan rica en dulces promesas y en sabrosos peligros!

Fieles ahora a sus sagradas obligaciones, las casadas bellas y jóvenes, más seductoras que nunca gracias al irresistible atractivo del pudor, desesperaban a los ricachones y calaverones no vacunados, cuya única profesión y razón de existencia fue siempre la galantería. Abolida en las tertulias la chismografía, sobrevino el hastío. El género chico hacía dormir en el teatro de verano a unos cuantos viejos caducos, solitarios devotos de Talía y de Terpsícore. Cesó en los cafés el encanto de la conversación, porque huyeron de los corrillos y cenáculos la envidia y maledicencia. Viose entonces cuán difícil es hacer reír sin molestar; quedando patente que los tenidos por ocurrentes y graciosos no eran en puridad sino unos desahogados: en cuanto no pudieron herir, hicieron bostezar...

***

Transcurrieron dos meses más. Las quejas tímidamente apuntadas por los descontentos se convirtieron en descaradas protestas. Por cada día la nube del enojo se cargaba de electricidad, amenazando estallar ruidosamente.

Los hombres de orden, o, por mejor decir, los que viven del orden, comenzaron a trinar contra un estado de cosas que amenazaba, según ellos, con mover los cimientos de la sociedad y la estabilidad de sus estómagos. Lamentábanse los caciques, así republicanos como monárquicos, de la indiferencia de las masas, y entreveían, llenos de pavor, días aciagos en que ellos, los paternales y previsores caudillos del pueblo, tendrían que trabajar para comer. Sin vicios y sin malas pasiones, con salud, economía y trabajo, ¿qué les importaba a los villabronqueses de credos políticos salvadores y panaceas sociológicas infalibles?

Sin embargo, hasta entonces las quejas y murmuraciones no trascendieron a la Prensa ni al púlpito. La protesta pública, con escándalo y ruido, iniciola el párroco (del cual se recordará que declinó la vacuna y se dignó solamente autorizarla con su presencia), quien, en un fogoso y antisugestionante sermón, fulminó terribles anatemas contra el doctor. A la verdad, motivo tenía para indignarse al contemplar cómo se había entibiado el fervor religioso de sus feligreses, cómo de día en día eran menos frecuentados los sacramentos y las ceremonias del culto. El mismo desconsolador descenso acusaban mandas piadosas y esos generosos auxilios consagrados por la devoción al adorno de los altares y al esplendor y decoro de las fiestas religiosas. Una vez más se confirmó que el pueblo sólo se acuerda de Santa Bárbara cuando truena. ¿Para qué pedir a Dios lo que el trabajo y la sobriedad proporcionaban? Por otra parte, el exceso de bodas no compensaba la merma de los entierros y de los derechos de pie de altar. Si las cosas seguían por este camino, llegarían tiempos nefastos en los cuales el rebaño emancipado del dogma se pasaría sin pastor...

Aunque no se diese cabal cuenta del mecanismo psicológico de su odio, ello es que el santo varón odiaba cordialmente a Mirahonda, el audaz revolucionario. Era, sin duda, parte a esta aversión la desconsoladora ruina de las temporalidades, pero entraban, además, en juego más hondas causas. Quizá la voz secreta del instinto le decía que el exótico doctor era el apóstol de una religión rival que venía a robarle, en nombre de no sé qué privilegios de la ciencia profana, el monopolio de las conciencias. Y el instinto no le engañaba. ¡Ah, si el párroco hubiera leído las revistas psicológicas e hipnológicas! Por si acaso conociera las obras de Mirahonda, publicadas en Archivos y «Centralblats», ¡a qué extremos de indignación habría llegado en sus excomuniones!... Porque Mirahonda era precisamente autor de un célebre libro titulado *La sugestión religieuse et politique* en el cual presentaba a los sacerdotes, como sugestionadores de absurdos dogmas y de prácticas fetichistas groseras, para cuya imposición recurrían, entre otros medios auxiliares, al terror del infierno, a los deliquios de la gloria, a la fastuosidad del culto, a la misteriosa penumbra de la iglesia, a la monotonía adormecedora del rito y a los lánguidos acordes del órgano. Según la teoría de nuestro doctor, la sugestión religiosa obraba provocando en el celebro la impresión profunda de la fórmula dogmática y atrofiando todas las vías de asociación circunvecinas, de las cuales se sirve precisamente el sentido crítico. Para Mirahonda, el dogma religioso filosófico viene a ser un cantón ideal hermético, absolutamente desligado de los principios de la razón y de los datos de la experiencia; algo así cual bloque errático, arrastrado a la llanura por colosal y prehistórico glaciar y sin relación ninguna con el sistema orográfico y petrográfico del país. Limpiar las circunvoluciones cerebrales de tan gigantescos monolitos que interrumpen el curso del pensamiento y esterilizan la labor reflexiva, debe constituir, según el citado reformador, la principal preocupación del pedagogo.

Pero volvamos a los volubles feligreses del párroco, entre los cuales no cundía menos el descontento, aunque por motivos harto más terrenales y groseros. Algunos picapleitos, a quienes el doctor olvidó subvencionar, ponían el grito en el cielo al ver que durante un año no había ocurrido en el término ni una estafa, ni un homicidio misterioso, ni un miserable pleito de pan llevar. Desolado y echando pestes de Mirahonda, recorrió el diputado del distrito figones y tabernas, fábricas y campiñas. Según costumbre, no anduvo parco en promesas: supresión de las quintas, abolición del impuesto de consumos, construcción de no sé cuántos puentes, carreteras v pantanos...; pero nadie le hizo caso. ¡Aquello era horrible!

Los comerciantes de artículos de lujo advirtieron con terror creciente baja en los ingresos. A ojos vistas arruinábanse joyerías y sederías. Cerrado el camino de la corrupción de solteras y casadas,

¿quién había de comprar ajorcas, anillos y pendientes? Sin culto la envidia y la vanidad, ¿a qué la seda, las plumas y cintajos? Como notas chillonas destacaban en aquel coro de descontentos las amargas quejas de los libertinos, inconsolables al verse obligados a llevar, en plena juventud y lozanía, morigerada vida de cuartel. Eran tanto más dolorosas sus forzadas abstinencias, cuanto que las sacerdotisas de Afrodita habían abandonado el culto y refugiándose en la santa y regeneradora religión del trabajo.

Entre los impenitentes corruptores

de esta ralea señalábase particularmente dos: un capitán de la reserva, vanamente empeñado en resucitar el amor con que la casquivana mujer del síndico en pasados tiempos le regalara, y cierto mayorazgo, petimetre sensual y degradado, que entraba en frenesí al verse desdeñado de infelices domésticas, sobre las cuales había ejercido a mansalva el histórico y sabroso derecho de pernada.

¡Quién lo diría! Hasta las personas más rígidas y de probidad más acriolada se sentían inquietas y como humilladas al verse privadas de repente de veneración y respeto que el vicio tributa a la virtud. En el pueblo de santos, ¿qué podía valer la honradez? En fin: el maestro y el juez, antes acérrimos defensores de Mirahonda y entusiastas del celebérrimo experimento pedagógico, fueron también ganados por los alborotadores y sediciosos.

VIII

Al año y medio de la experiencia el clamoreo de los explotadores se extendió a la masa neutra. Acaso el efecto del suero se había en todos debilitado; quizá la bancarrota pudo más que la virtud, y el estómago venció al cerebro. Ello es que la insubordinación se hizo general. En la sorda tempestad que amenazaba la cabeza del doctor sonaban ya apostrofes violentos y relámpagos de ira.

Para evitar posibles atropellos, las

autoridades tomaron cartas en el asunto. Hubo junta magna en las Casas Consistoriales, cambiáronse pareceres, oyéronse pretendidos agravios. Al cabo, el respeto a la ciencia y al prestigio de Mira-honda impuso temperamentos de templanza. Se acordó nombrar una Comisión encargada de rogar al doctor, en nombre de la villa y su cabildo, deshiciese aquel angustioso encanto, aquella desconsoladora parálisis, devolviendo al pueblo, dor-mido para el pecado, el pleno goce de su albedrío, y, por ende, la libre expansión y ejercicio de sus malos instintos.

Al ruego debía acompañar una instancia, cuyo texto, escrito en lenguaje nada burocrático, remataba con estos párrafos, henchidos de calurosa sinceridad:

«Moveos a compasión. Apartad de nuestras almas estas odiosas anteojeras que no nos permiten contemplar sino el recto y polvoriento camino del deber. Poned en los adormecidos ojos de nuestras mujeres un poco de gracia y de lascivia. Haced agradable la vida, amenizándola con la envidia y los celos, la vanidad y la soberbia, la insolencia y el crimen. Devolvednos el dolor, estímulo de la ciencia y acicate del progreso. Infundid en este limbo gris y silencioso, donde el hastío nos enerva, una chispa del espíritu de Lucifer, con una ráfaga del aliento de Dios. Lograremos así que la virtud tenga precio, la religión culto y pan y bienestar, sobre todo, los infelices manirrotos, que cual las setas, engordamos sin fatiga en la podredumbre, es decir, explotando las ignorancias, demasías y locuras del rebaño humano...»

Ante semejante unanimidad de pareceres, Mirahonda, reconociendo, por el estado de los ánimos, ser imposible una segunda vacunación, cedió, y cedió sin pena, casi con alegría, porque presumió que si la experiencia pasada había sido interesantísima, no le iría en zaga la nueva, es decir, el acto de la contrasugestión, el cual iba a aflojar de repente y sin transición todos los frenos que durante más de un año habían sujetado las conciencias.

Decidido, pues, a llevar su experimento psíquico hasta las últimas consecuencias, convocó junta de notables y les habló de esta manera:

—Deferente a vuestro ruego, y en

vista de que, contra todas las previsiones, el orden, la salud y la virtud os son al presente intolerables, voy a suspender radicalmente los efectos —un tanto debilitados ya en algunos temperamentos excesivamente fogosos— de mi suero antipasional. Precisamente una felicísima coyuntura me ha permitido descubrir cierta sustancia, la «contraantitoxina pasional», que neutraliza por completo el principio activo del mencionado remedio, retrotrayendo el cerebro exactamente a las mismas condiciones anatomifisiológicas de las cabezas no vacunadas.

Y presentando un frasco lleno de un licor transparente, añadió, con el acento de la más profunda certidumbre:

—He aquí el precioso elixir. Todo el que beba un centímetro cúbico de él recobrará antes de diez minutos su primitivo ser y estado.

«Mas antes de poner a vuestra disposición el misterioso filtro vivificador de las pasiones, no debo disimular un vaticinio moral poco lisonjero. La antigua antitoxina o panacea ética no destruye los centros encefálicos donde el alma evoca las imágenes pecaminosas y saborea por anticipado la tentadora fruición del placer prohibido; limítase, no más, a dejar sin efecto las representaciones y codicias malsanas, inhabilitando, digámoslo así, las vías nerviosas que asocian las esferas de evocación del pecado antisocial con los focos motores encargados de su ejecución.

«Semejantes vías, entorpecidas en los villabronqueses por larga inacción, quedarán ahora llanas, expeditas, ansiosas de reivindicación y desquite...

«Temed, por tanto, que la carga atrasada de apetitos no satisfechos, de imágenes de actos más o menos reprobables refrenados, alcance de súbito tensión tal, que sea poderosa a romper todos los salvadores diques levantados en la conciencia por la dignidad, la religión y la ley...

«Al tener el sentimiento de anunciaros como probable un desbordamiento general de las pasiones, descargo mi conciencia profesional de un peso agobiador y correspondo lealmente a la hidalga confianza que todos vosotros, patricios y proletarios, poderosos y humildes, depositasteis en mi al someteros, llenos de fervor y entusiasmo, a los efectos de la regeneradora vacuna moral. Apercibid, pues, sin demora, vosotros los que ejercéis autoridad, esos llamados «resortes de gobierno»; aumentad y disciplinad la fuerza pública, enervada y enmohecida por inacción prolongada. Acaso con tales previsoras medidas podáis garantir todavía el sosiego público, la honorabilidad del hogar y el respeto ele la ley. Pero si, según yo recelo, no conseguís restablecer la normalidad de la vida, se desvanecería de mi conciencia un escrúpulo inquietante. Yo os debo algo..., algo que no he pagado aún. Yo estoy obligado a restituir lo perdido a todas aquellas profesiones sociales que, por triste e implacable destino, asocian su bienestar al desorden, al vicio y al delito. Afortunadamente, el próximo desenfreno me permitirá saldar con usura deuda tan sagrada... ¡Quiera Dios que no os arrepintáis!,..»

Acto continuo los ayudantes del doctor dispusieron sobre las mesas grandes matraces llenos del misterioso licor. Como se ha dicho, bastaba beber media copita de él para sentir el ánimo limpio do toda sugestión moralizadora. Excusado es decir que los asistentes, incluso el alcalde, sordos a las lúgubres profecías del doctor, se abalanzaron sedientos a los garrafones y saborearon con infinita codicia aquel filtro pasional que prometía la punzante dulzura del fruto prohibido. Agotados pronto los matraces, hubo que poner otros. Pero como la demanda del «licor del mal» crecía por momentos, estableciose una sucursal o expendeduría en la plaza pública, custodiada por guardias. En procesión interminable desfilaron ante ella los fervorosos devotos de Baco, de Venus y de Mercurio. En bandadas y atropellándose acudían las mujeres, y pudo verse cómo la esposa del registrador, la del síndico y muchas señoritas tan distinguidas como desocupadas forzaban la dosis bebiendo, en su sed de pecar, no a copas, sino a vahos.

Afortunadamente, la milagrosa medicina resultaba económica. ¡Como que era agua clara! Y no ocurrieron desórdenes ni atropellos, gracias a los guardias, que regularon severamente el turno en la impaciente e interminable cola...

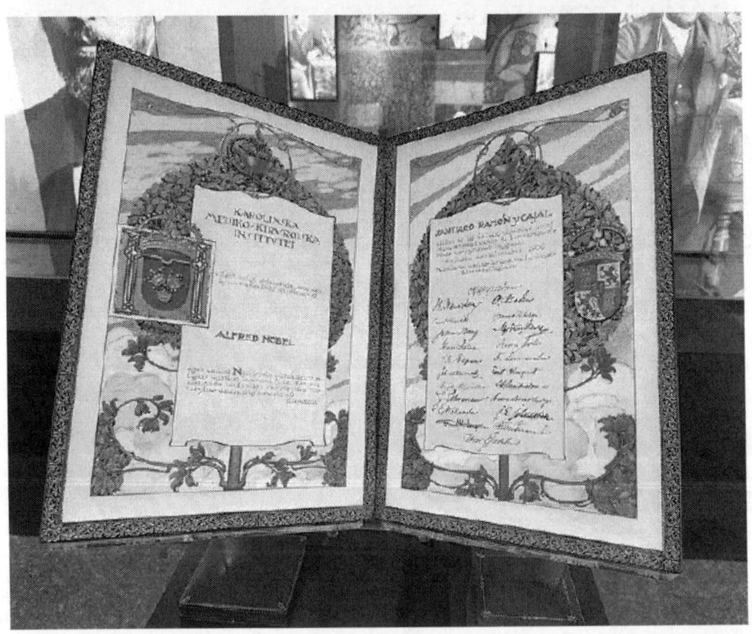
KAROLINSKA
ALFRED NOBEL
SANTIAGO RAMÓN Y CAJAL

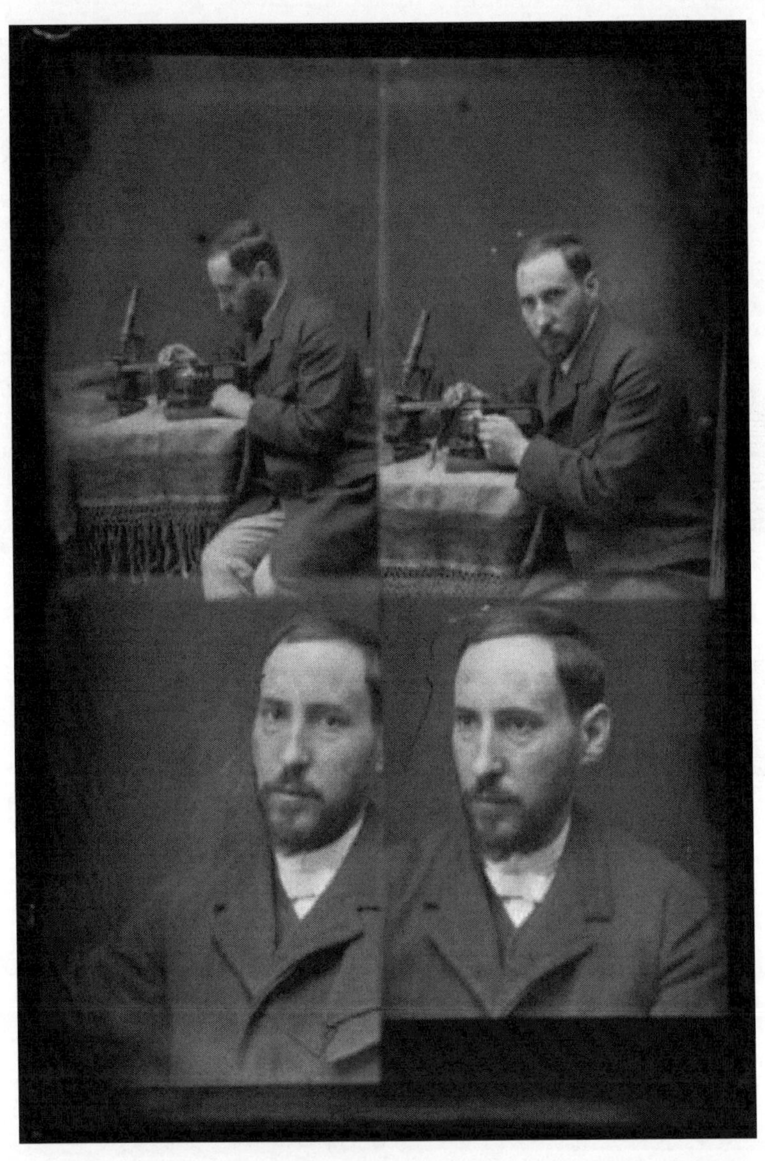

IX

Conforme había previsto Mirahonda, tocáronse luego las tristes consecuencias de la imprudente contrasugestión. Comprimidas un año, estallaron violentamente las pasiones. Exhibiose el vicio con inaudito descaro y vergüenza. Durante un mes, los habitantes de Villabronca vivieron en plena bacanal. Vertiginosa-mente corrió el reloj de la pasión, sonando la hora fatal de la caída casi simultáneamente en todas las flacas voluntades.

Para que se forme idea del desenfreno y relajación reinantes, citemos algunos ejemplos: la esposa del síndico, sorda durante un año a la tentadora sugestión del capitán, se abandonó al impudor con tal descoco, que la intriga fue rápidamente descubierta, y el candoroso marido se vió en la necesidad de encerrar a su liviana mitad en un convento de arrepentidas. A su vez, desfallecida de amor y de impaciencia, la casquivana esposa del registrador escribió a Mirahonda ardiente y voluptuosa carta pidiéndole una cita. Con general sorpresa se supo que la casera del cura, robusta y frescachona aldeana, se había escapado con el sacristán, quien, para preparar la fuga y ponerse a buen recaudo, limpió en una hora los cepillos de las ánimas, vendió de una vez el aceite de las lámparas y arrebató inestimables joyas largamente codiciadas. Proponiendo negócios inverosímiles a cuantos encontraban, corrían por las calles, como llevados del diablo, los usureros. Las señoritas honradas eran atropelladas a la vista del público por cuadrillas de libertinos, enfurecidos y enajenados por la lujuria. Coqueta hubo que cambió en una semana siete veces de traje y de sombrero, derrochó un dineral en afeites, flores, joyas y cintajos. En las tabernas, abiertas ahora toda la noche, hormigueaban borrachos y camorristas. Solamente en tres días ocurrieron cuatro asesinatos, diez heridas graves y una infinidad de ataques a la propiedad. Todos los atrasos del amor, todas las deudas del odio, de la vanidad, de la envidia y hasta de la pasión política, fueron saldadas en un momento, con escándalo de las personas honradas, que huían en tropel de la ciudad envenenada...

REPUBLICA ESPAÑOLA
30 CTS
RAMON Y CAJAL
CORREOS

X

Aquella locura que se apoderó de Villabronca se iba haciendo tan agresiva y amenazadora, que el doctor Mirahonda, temiendo un serio disgusto, huyó a uña de caballo, llevándose consigo a su mujer, salvados los más importantes efectos e instrumentos científicos. Y en la Memoria que meses después, sosegado el espíritu, escribía el sabio doctor con destino a la «Zeitschriff für Hipnotismus», de Berlín, consignó a guisa de conclusión, estas interesantes declaraciones:

«En resumen: la posibilidad de reeducar al pueblo mediante la sugestión es un hecho firmemente establecido. El mandato imperativo del médico cuando acierta a rodearse de los altos prestigios de la ciencia y de la piedad generosa suspende o debilita la acción de los estímulos pecaminosos, otorgando a la razón, en los conflictos de conciencia, fácil y decisiva victoria. Abrigamos la seguridad de que, si nos hubiera sido dable revacunar, es decir, renovar cada dos o tres meses la acción sugestiva, acentuándola enérgicamente sobre las voluntades más rebeldes, el éxito hubiera sido completo y permanente.

»No considero, por tanto, irrealizable utopía el logro de una ortopedia mental capaz de corregir las aberraciones funcionales del cerebro; al contrario, juzgo posible que, desvanecidos ciertos prejuicios, la fisiología, asistida por los métodos de la hipnología psicológica y pedagogía científica, aniquile o reduzca, a un mínimo despreciable los impulsos antisociales, inaugurando una era de paz y de relativa bienandanza.

»Soy incapaz, empero, de disimular una torturante duda que me asalta. Demuestran mis experiencias la posibilidad de abolir la delincuencia y de imponer, sin luchas ni protestas, resignación a la miseria y al trabajo y robusta disciplina social. Mas semejante estado de cosas, ¿es conveniente al progreso? ¿Estamos seguros de que la finalidad de la raza humana consiste en vegetar indefinidamente en el sosiego y la mediocridad? La suavidad y armonía de las relaciones sociales, ¿no acabarían por forjar una Humanidad estática y rutinaria, linfática y anodina, ahíta de fórmulas y precedentes, incapaz de todo punto para las vibrantes luchas de la civilización? La supresión del mal, ¿no implicaría quizá el mayor de los males?

»Un poco de dolor y miseria social parece indispensable; templa los caracteres, aguza el entendimiento, destierra la molicie, crea el heroísmo y la grandeza de alma, mejora, en fin, moral y físicamente, la raza humana.

»También es provechosa la injusticia. Ella ha sido el buril modelador de las instituciones políticas progresivas. Sin la crueldad e injusticia de los fuertes, el hombre no habría pasado del período de la tribu y del estado de naturaleza. Hasta los grandes crímenes históricos han servido a la causa del progreso. Nadie ignora que la instauración de la gloriosa y civilizadora república romana debiose a la lascivia de un rey. Los irritantes abusos e injustos privilegios de la nobleza francesa trajéronnos el reconocimiento de los derechos del hombre y la emancipación del pueblo. Sin el tráfico inmoral de las indulgencias y la locura artística de un Papa, ¿hubieran surgido el protestantismo y el libre examen, padre fecundo del renacimiento filosófico, literario y científico? Por ventura, las hogueras de la Inquisición; ¿no iluminaron la conciencia humana? En una palabra: el héroe, el santo y el sabio, las flores más exquisitas de la voluntad, ¿abrirían su cáliz del punzante espectáculo de la miseria y en el ambiente gris y tibio de la paz, de la molicie y de la abundancia?

»Todo hace creer que el dolor, la pobreza y la injusticia son leyes inexorables de la vida, íntimos resortes de la ascensión progresiva del espíritu a las cimas del ideal. Y de presumir es que la lucha de clases continúe siglos y siglos, aun cuando los pueblos, iluminados por la caridad y la ciencia, lleguen a regular, sabia y prudentemente, la «producción» y la «natalidad», dos trascendentalísimas funciones sociales hasta hoy abandonadas al azar y responsables, según es notorio, de la mitad, por lo menos, de las miserias, delitos y crímenes.

»Puesto que, según resulta de lo expuesto y corrobora mi experiencia de hipnosis social, no es conveniente, desde el punto de vista del progreso, la supresión de la injusticia y del delito, ¿cuál será, en la rigurosa, lucha a que la Humanidad vive condenada, el papel de la ciencia?

»La ciencia tiene el deber de suavizar la rigurosa contienda, de humanizarla de suerte que desaparezcan para siempre la sangre y el dolor. El palenque de la lucha cambiará: de las calles y campos pasará a la fábrica, al laboratorio del sabio y al gabinete del sociólogo. Ciertamente la civilización no evitará nunca en absoluto que el fuerte arrolle al débil: pero conseguirá que el asesino del futuro sea tan impersonal e incoercible, tan dulce y exquisitamente piadoso, que la víctima reciba el golpe de gracia con un gesto de suprema resignación; más aún, con el orgullo sublime del héroe o del santo, porque sabrá que su personal e irremediable sacrificio representa para la especie o la raza un grado superior de altruismo, de prosperidad y de cultura.

»Aún entreveo en las azules lejanías del futuro una Humanidad semidivina, cuya soberana razón, indiferente a toda suerte de bajas concupiscencias, gravite hacia la verdad con la impasibilidad y desembarazo del astro hacia el sol...

»Cuando lleguen esas esclarecidas edades en las cuales verdugos y víctimas se reconozcan armónicos órganos de un mismo todo vital, la semisugestión misma, hoy practicada en sus modalidades filosóficas, política y religiosa, habrá desaparecido para siempre. Entonces la raza humana, purificada y sublimada por la ciencia, que habrá descubierto el modo de eliminar las cabezas débiles, salvajes o desquiciadas, comprenderá que el «bien» es función de la «verdad»...; que el egoísmo y la delincuencia son lamentables equivocaciones...; que, en fin, la poca felicidad que al hombre le es dado gozar sobre la Tierra representa el fruto de la discreta aplicación a los dominios de la vida de las gloriosas conquistas del espíritu.

»Mas en tanto alborean tan remotos ideales, mientras las tres cuartas partes de los hombres sean pobres, salvajes, tontos e ignorantes, la semisugestión de la autoridad, de la religión y de la disciplina será indispensable para refrenar y calmar a los desheredados del cerebro o de la fortuna. Así lo ordena la Naturaleza, la cual, atenta a sus primordiales fines evolutivos, odia el desorden, y, puesta a escoger entre dos males, prefiere la organización tiránica a la anarquía libre, y la crueldad conservadora y vigorizante a la piedad indulgente y relajadora.

»En resumen: mientras el animal humano sea tan vario y comparta las pasiones de la más baja animalidad, será necesaria, para que el desorden no dañe al progreso, la sugestión política y moral; mas esta sugestión ni deberá ser tan débil que no refrene y contenga a los pobres de espíritu y salvajes de voluntad, ni tan enérgica e imperativa (cuál sería la sugestión hipnótica) que menoscabe y comprima en lo más mínimo la personalidad ética e intelectual de los impulsores de la civilización.»

Fin

Dibujos explicativos de Ramón y Cajal

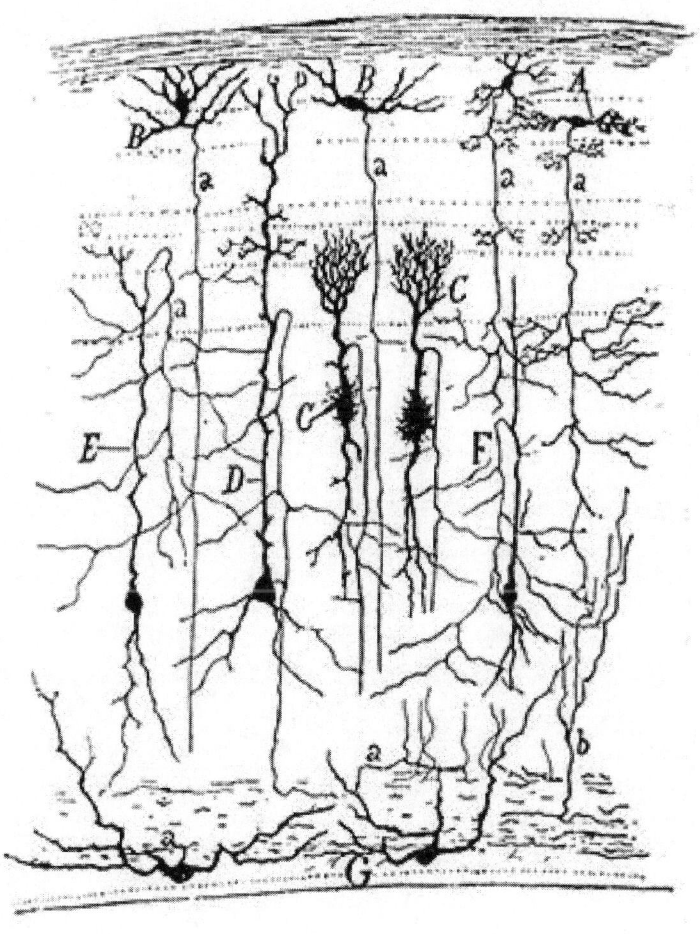

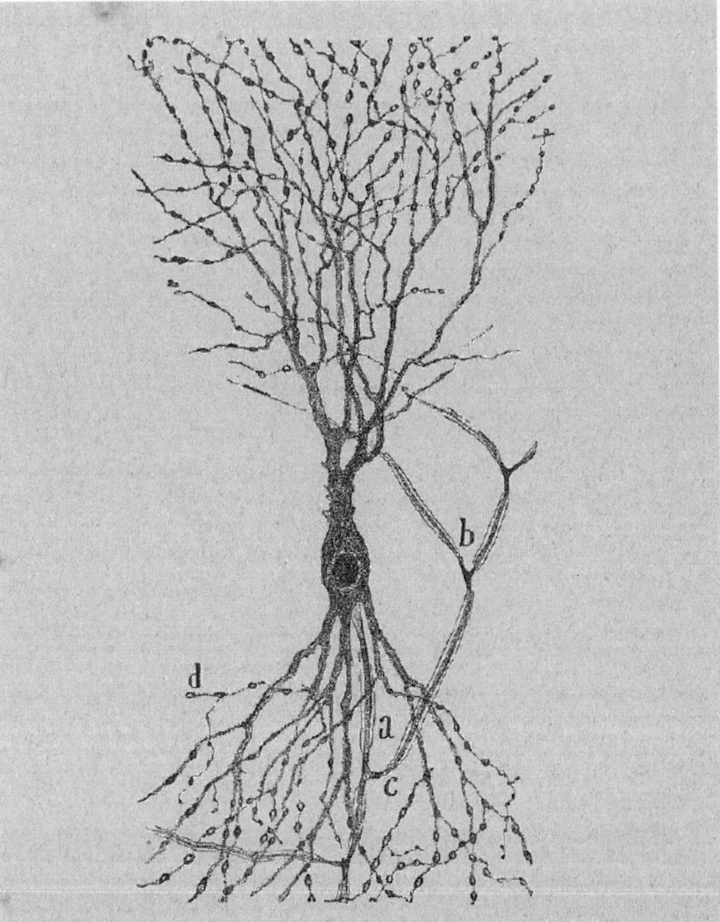

Fig. 15. — Célula gigante de la porción inferior del asta de Ammon del conejo. Método de Ehrlich-Bethe.—*a*, axon ; *c*, colateral de éste ramificada en *b* ; *d*, varicosidades de las expansiones dendríticas.

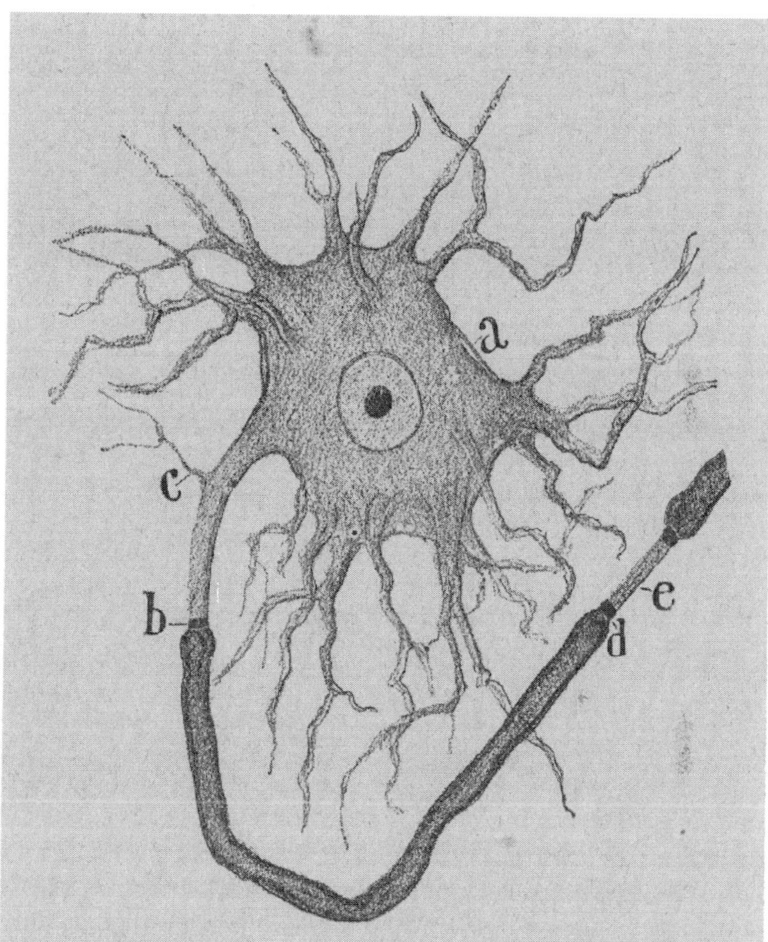

.—Célula del lóbulo cerebral eléctrico del torpedo. Coloración por el
Boberi. Disociación.—*a*, membrana ligeramente apartada del prot
b, disco de cemento; *c*, rama nerviosa colateral; *d*, disco de ceme
strangulación de Ranvier; *e*, región del axon exenta de mielina.

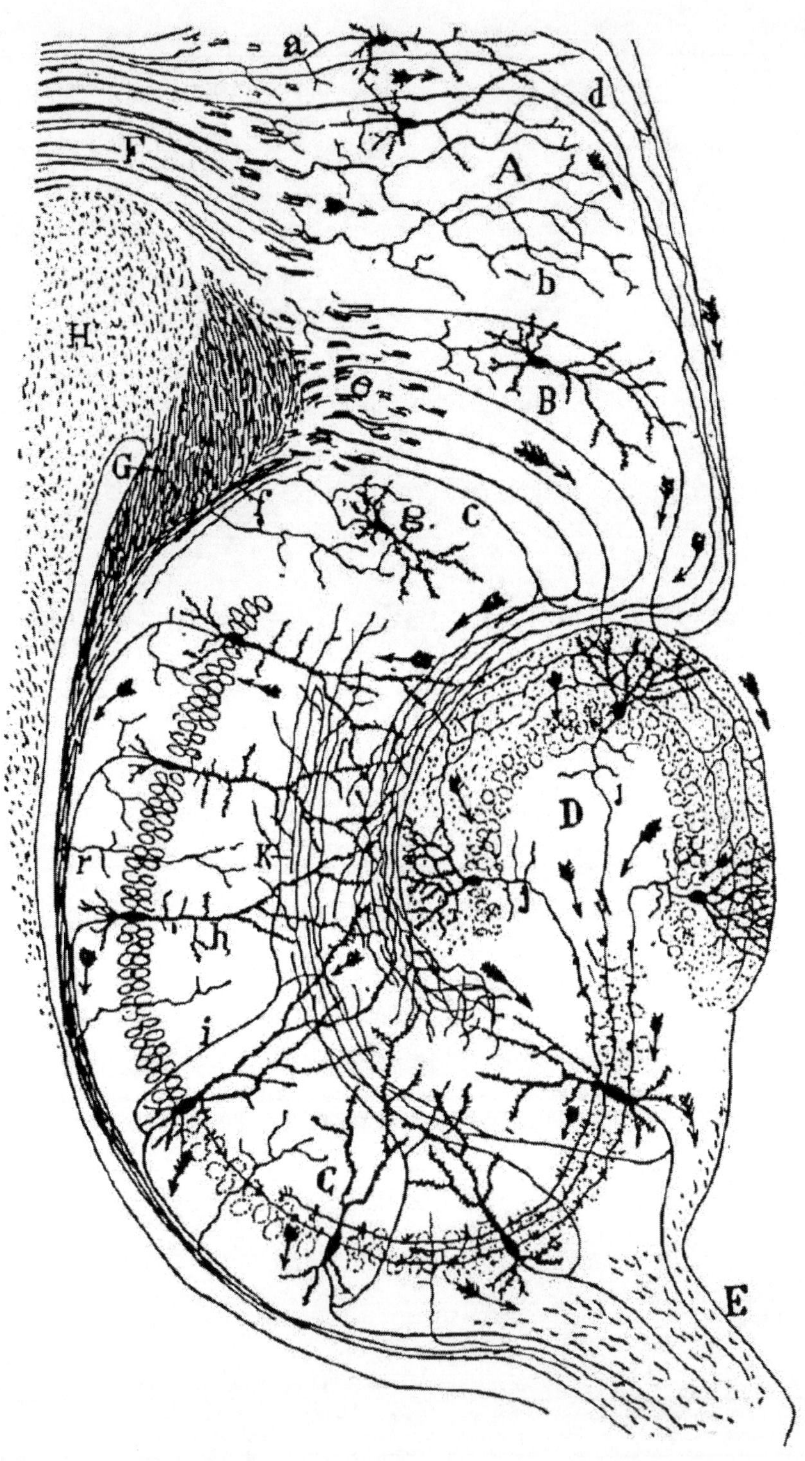
a
d
f
A
b
H
B
G
f
g
c
D
J
K
r
h
i
C
E

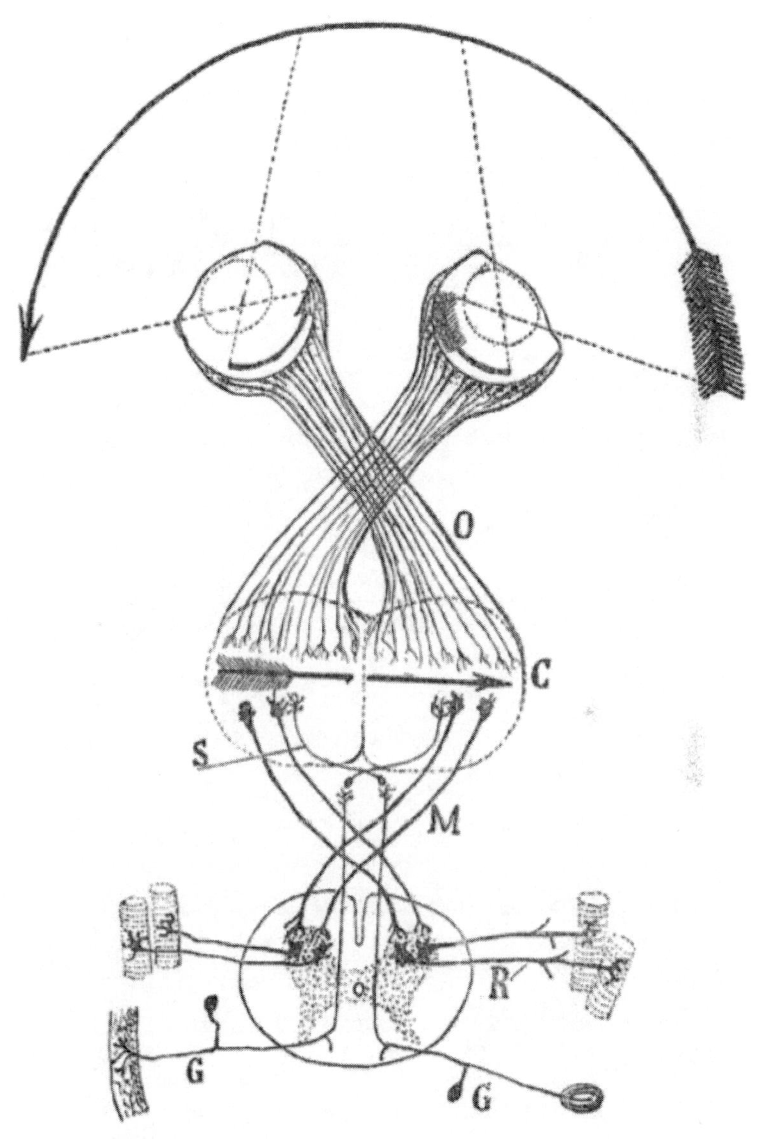
O
C
S
M
R
G
G

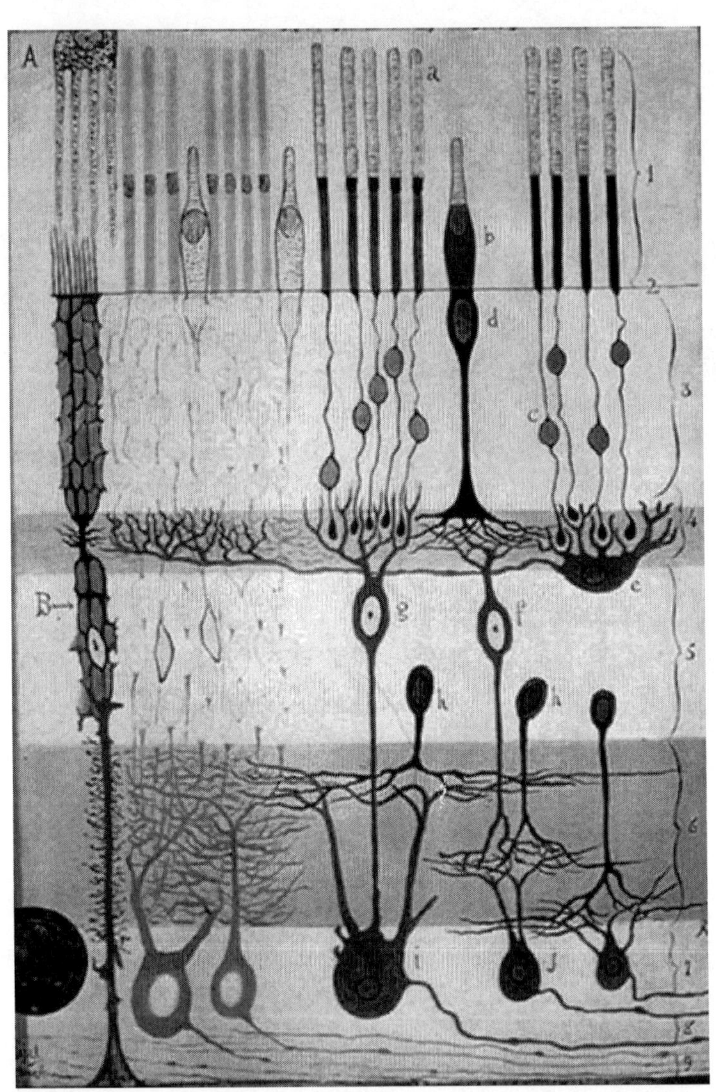
A
a
1
b
2
d
3
c
4
e
B
g
f
5
h
h
6
i
j
7
8
9

Libros Mablaz
Ciencia Ficcion y Fantasía
http://librosmablaz.com/

Libros Mablaz CLÁSICOS de Ciencia Ficción recuperados
LM
CLÁSICOS
http://librosmablaz.com/

Libros Mablaz
Narrativa – Relatos
/www.librosmablaz.com/